JN068808

句集

光響

檜山哲彦

朔出版

句集　光響　目次

句集　光響

Ⅰ

右頬左頬

二〇一二年―二〇一五年

一〇〇句

二〇一二年

水の面の空に涼しよ鳥の声

口楮く山姥哭けり夏芝居

鮎の食む跡と丸石手のひらに

近江八幡

櫓遊びを戻るに桑の実の甘し

たえまなく汐のさす音髑髏の皮

煙草喫ひに出るや銀漢眼にあふれ

馬の膚磨くや若き肘さやか

のけぞつて空深うなり虫の闇

水遠く澄みて小魚を躍らしむ
鶺鴒の跳ぬるを風の追ひゆけり

枸杞の実の初色風にかざしたり

切口の碧く落ちたり秋の水

桐一葉貌出す鯉に口いろいろ

月に歩を合はすに涼の新たなり

冬ばらや瞳深くに笑む女

風丸く寄せ柊の花明り

本棚の埃あざやかなる冬日

天の糸切れきりもなく降る木の葉

山中温泉

霜の橋渡り終へたり膝小僧

悴んで語るに眼ひろがり来

風払ふのみ裸木となりきつて

二〇一三年

去年今年ふた筋の滝鳴響す

梅の香や山降りる風のぼる風

伏せ甕を叩く響きの冴返り

喉に声ころがす鳥目借時

湖と海呼びあふ朧月夜かな

出払って馬濃く匂ふ橡若葉

鴨足草水なめらかに岩を這ひ

雷遠し赤松の赤奔放に

蚕豆を噛みゐて言葉円くなり

雲海に裸の朝日呼ばれけり

雲の峰石から少女彫り出され

翅うつてうすばかげろふ風に溶け

白桃の余熱しばらく口の中

いわき

海に向く万の土嚢や颱風来

かまつかやふいに抜けたる眼のちから

三日月を磨きあげたり虫の声

望の月浴びきたる髪香るかな

湖を下に小鳥の渡りくる

水に弾け天へ抜けたり鶴の声

飛ぶ木の葉ひたと池の面とらへけり

銀杏紅葉降る荘厳や身をゆだぬ

夜回りの柝に一稿仕上りぬ

二〇一四年

ユーカリの幹の白きに賀詞申す

灯の奥の奥に奥あり恵方道

双六は赤坂の宿越えざりき

寒夕焼犬べらべらとすり寄り来

巫女の朱のころがり来たり木の芽風

人の輪の二重が三重に初桜

浜競馬

春の沖高きに馬の鎮まりぬ

木の芽風湖大き眼をひらき

クレー「セネキオ」
丸く眼をかしげる道化風光る

青麦を跳ね来たる風両耳に

後れ毛に触れて輪を描く竹落葉

木洩れ日を結ぶ水輪やあめんぼう

椋の洞抜けて涼しき風となり

かにかくに毛足涼しよ白絨毯

十七を数へて綾子牡丹かな

点々と地の息吐けり蟬の穴

蓮稚きうてなを天にもたげたり

涼しさを言ふにさまざま声の色

雲の海抽んづ峰は三角形

六波羅蜜寺　二句

爽籟や口をはなるる六字仏

鹿角の杖に秋の地踏みゆけり

をみなへし地の歓びをひらきたり
さやかなる空はすかひに鳥つぶて

秋の風並木の果てのあかるさへ
ねんごろにまづは香を嚙み新走り

二〇一五年

初夢の羊つれゆく天の牧

似顔絵は鼻より始め冬桜

八方の鳥の声寄せ冬牡丹

くれなゐの翳りを風に寒牡丹

水を揉み水を盛りあげ冬の鯉

このわたを啜るに星の近づきぬ

寒木を伐るや倒すに指一本

蓮の骨抜けきて丸し風の声

猪鍋や大いなる月樹をはなれ

反魂丹召せとバレンタインの日

初蝶の開けゆく風の隙間かな

雪解の滝の振れ幅ひろがりぬ

しなやかな獣となりぬ春の山

濃淡の淡に艶あり春の虹

青芝や子供放てば水香る

母の日の風を右頬左頬

水琴窟の糸引く音や青芭蕉

初鳴りの風鈴一音にて止みぬ

たえまなく揺れ噴水は風の花
川風やわしわしと降る蟬の声

ちちをかへせははをかへせよ石灼くる

噴水の音の上なる虚空かな

木洩れ日にもみ出されたり夏の蝶

青柿にあかるき雨の香るなり

泡盛や風に透けゆく夜の肌

ひかがみの翳のあはきよ白桔梗

稔り田を左右に風の香水の声

秋澄むや魚拓にくるり眼を入るる

馬の眼の底になほ底草の花

秋風や人の前ゆく人の影

風ふはと初冬の黄蝶点滅す

今朝冬の交互にまはる馬の耳

Ⅱ

純白の塔

二〇一六年—二〇一八年

九六句

二〇一六年

初日受く地にひとつぶの猿となり

初刷の番付の香を畳みけり

二歩三歩らふばいの香を嗅げとこそ
はすかひに碧を斬り分け凧の糸

竜天にのぼり土の香やはらかく
ほがらかな貌をひらきぬ春の池

ほつほつとほのとあけぼの杉芽吹き
水の香の風ふんだんに春障子

楠一本地に大円の夏落葉

新じやがの貌たれかれに似たりける

新樹の香浴ぶるに甘し揚饅頭

遊船を降り立ち顔のひらひらす

一寸の光陰を苔滴りぬ

緑蔭を瞳大きく話すなり

闖《ちん》入《にゅう》の蟬つぎつぎの手を逃れ

飛蚊体殖ゆるにまかせ心太

瞑目す滴りの音つらなるに
蜻蛉生れかがやきの尾を水平に

喜雨来るや良寛天上大風碑

がらあきの天の蒼さよ冷し酒

今日の月ふつと土の香ふくらみぬ

新米は能登天水の甘さかな

さはやかに丸き草田男マリア句碑

聖水にひたす指先雁の頃

黄落といふを水車はよどみなく

会心のかがやきを召せ零余子飯

紅葉山の温顔仰ぎたてまつる
黒パンを噛む眼にあふれ冬紅葉

小六月呼び込みのこゑ歌となり
詩に熱き言葉をひとつ木の葉髪

黒糖に渋味一点漱石忌

冬青き空の観音開きかな

二〇一七年

鶏日の一鳴き天のひらけたり

五つ六つ歯固めといひ色干菓子

昼酒に松過ぎの風ひりひりと
一本のくつさめ抜ける天の紺

大いなる恋を終へたる猫やはらか

右エリカ左ミモザや風の色

連翹の盛るに風のおもふさま

茶を喫すまづ春風に深く辞儀

たんぽぽの絮円光をあふれしむ

今朝摘みしものよと百の葱坊主

田鼠化して鶉みじかき尾をふるひ

袋掛終はり丘の面充満す

リルケの碑銘

まだ誰の睡りも容れず薔薇の襞

紫陽花に風のあたらし赤ワイン

地を打つて跳ねる蚯蚓よ音太く

三叉路を右と選びぬ暑気払ひ

穴子裂くまづ全長をすうと撫で

腐草化して闇芳しき螢の火

母逝去

夏の月マーチを唄ひ逝きたると

終ひの紅うすううすうと蚯蚓鳴く

枝豆を剪るや丹波の青香る

草に草に声渡すなりかねたたき

静岡虫送り

いただきに終ひの光芒つくつくし

蛤にならぬと決めて雀跳ぬ

触れもせよオリーブの実は漆黒に

純白の尖塔軽し冬青空

沖に鮫来たると長く指さしぬ

冬薔薇剪るや濃き翳もろともに

ドゥイノの悲歌

かく碧き冬天に声リルケの忌

極月や鯉は音なく鰭つかふ

雪しづる音八方にカレーうどん

白菜を割るや黄金曼荼羅図

二〇一八年

鮟鱇のあぎと越しなる人笑顔

しろがねの風沸きたつや花の雲

鳥引くや水窪ます る風一陣

蜃気楼に向かひて高し木肌の香

鯉の子に鯉の貌現れ木の芽風

樟巨いなるふところを囀らし

胸すけり蟷螂の子の垂るる日は

万緑の果て円光の湧きたちぬ

富士山開

古道急青大将を先達に

まつさらに一湾ひらく雲の峰

礼拝の正座素足の裏ま白

旱天にうごきやまずよ烏骨鶏

ノルウェー　オスロ　二句

自転車は国王白夜の石畳

海老の殻白夜の朝に嵩なせり

塔の影長きを蟻の走りけり

黒揚羽ひらきつとぢつ水を吸ふ

鷹の眼の底の深さよ羽習ふ

昔男ありとて暑し寝もやらず

咽喉を鯉ふかく開けたり竹の春

水に身を投げうつ長さ穴惑ひ

丹波

爽やかや糸繰りの指なめらかに

綾子忌の風降りきたり星月夜

日に風に艶厚くなる吊し柿

かまつかや眼窩の深き象の骨

鳥の声さやかなりけり汀の弧

金継ぎに唇ぬくし星月夜

狂水の友

建三来《こ》はた幹治来《こ》新走り

銀杏の百の殻割る音愉し

蠅長くつがふ蒼さよ冬立つ日

熊穴へ海ふりかへり天あふぎ

人形の眼の底うるむ蕪村の忌

身を絞りきつたる蓮の骨飴色

III

音一閃

二〇一九年―二〇二一年

一〇八句

二〇一九年

山ひとつ踏んまへ猪の初御空

おかめ蕎麦もてぬる燗の小正月

日永しと水平線へ脚四本

斜に高く風を閲すよ初燕

清和かな窯出る百の交響し

コルセットゆるく五月の空行かな

包丁を海鞘に三筋の水はしる

青葉木菟一夜移らず声変へず

河童忌や小石うれしき土不踏

裏がへる瞼まつさら蛇の衣

翻車魚に笑顔くしやくしや雲の峰

草田男忌日矢を梯子と登るべし

池内紀さん　二句

ぢやあと手をさはやかに挙げ振り向かず

星飛ぶやあとがき熱き最期の書

上り目下り目日々反りかへる唐辛子

弓なりに枸杞の枝垂れ日色の実

剪って夜鶏頭種をはなつ音

露草は夜更け茎葉に水を噴き

旋回の豹遠き眼を綾子の忌

角打ちの新酒の淡し能登の塩

脚嘴のせはし群鳥羞養ふ

星飛ぶやアイロン赤きシャツ香らす

二〇二〇年

風厚くかかへ白鳥滑水す

水を搏つ白鳥全幅なる翼

白鳥をのせ湖は一枚に

寝よゆれよ白鳥大いなる卵

冬桜塩チョコ長く舌にのせ

湯豆腐を吸ふや白光あますなく

土の脉《しよう》潤ひ起こる月赫く

耕しの棚田は千の黒目かな

春月へ咽喉をふるはしとこしなへ《プルトウジュール》

あたたかや六つ七つ八つ十の石

山ひとつ手のひらにのせ春の風邪

長閑けしや弧をなす鰐の牙に鳥

毛を刈るや羊に風のあざやかな

牙ふとく打ち鳴らす鰐俊寛忌

ゆく春や山羊のチーズに風の味

立春立夏冠《コロナ》いただく一惑星

夏立つやくまなくふるふ一馬身

噛んで噛んで豆飯の香の翡翠色

咽喉ふかく物言ふ女水中花

鰭ほどき金魚の天地自在なる

ハンモック貝殻骨に羽きざす

翅たたみきらずせはせは天道虫

青かびのうねり涼しよチリワヰン

さはりなくすべる螢火のぼる螢火

沖雲の峰のトルソオにぎやかな
繭を聞けよ内張の絲吐く音ぞ

浪に削げ巌の貌なる鬼虎魚

白扇を閉づや音なき音一閃

ガーゼ取つて今年の素風味ははな
かなかなにひぐらしやんごとなく和する

蜉蝣湧く一夜河童ら見て去らず

一宿を乞ふ猿夢に初嵐

さはやかな乳眼に垂らす母なりき

音丸き水分石や秋高し

竜潜む淵かときをり泡の列

窓の夜へ独り物言ふ鬼貫忌

流連《いつづけ》の秋の蚊果てははたかるる
夜中ふと開き身に入むヨブの声

久闊や言葉ほころぶ相マスク

息深く吐けば軽き身冬紅葉

紅潮《ウィーン》の裏声宙へ七面鳥

裸木や鳥チチャチチャチと半蜜柑

一陽来復電車の床を綿はしる

またたきに律あり呂あり寒昴

二〇二一年

箸うれしくびれくびるる紅ちよろぎ

目玉寄せ牡蠣のうちなる真珠色《まだま》

ヒロシマやのけぞり啜る牡蠣のつゆ

酒粕の布の目に串缶焚火

榾二タ夜ほがらほがらと灰翳る

寒の水なまづを蔵し日あまねし

白魚の全長ひねり結びかな

白魚はきかん気な魚嘴とがらせ

喉笛のひと鳴きしたる朝寝かな

春一番悟空の緊箍《きんこ》ゆるまざる

穴を引き出され馬刀貝きゆつと声

独活噛むや水の香ふかき咽喉の底

三鬼忌や空わかちあふ雲と鳥

ひよどり上戸の花純白よときをり風

バスひとつ太鼓と化せり雹打ち打つ

街灯の滅の長きを守宮鳴く

かくも舌あやつりがたき旱かな

雪渓行あびらうんけんそはか誦し

とんぼ返りうつて涼しや北斗星

干河豚をあぶる虹色冷し酒

水といふ水ささめくや広島忌

六日の空ひろきは夾竹桃の白

地に触るる音なかりけり桐一葉

爽涼や言葉ぴしりと置くことを

とんぶりや夕風くだる山の音

曼珠沙華のくれなゐ綾子絵曼荼羅

溶岩をひと日踏みたり茸汁

段墓を登りきつたり松茸山

猫鳴くやこつんと消ゆる走り星

カウンターの白木すすすと土瓶蒸し

待ち人来釣瓶落しをあからかに

雅歌に線引くをいとどに見られたる

鳥渡る天に親波子波かな

芭蕉忌の紙音ぬくし竹ナイフ

欣一忌蓮の実飛ぶを聞きゆかな

あかつきの野太き声を大白鳥

頭陀袋さげて朝日は冬に入る

おしやべりな木洩れ日冬に入る水面

小春日の群青の風ミルテの実

木の葉降る水はきりなく輪をひらき

遠く近く短く繊く虎落笛

極光に育つ鯨の尾の身とぞ

Ⅳ　やいなや

二〇二二年―二〇二三年

一〇七句

二〇二二年

独楽飛ぶや打ちつはじけつ火花の香

膝に顎七種爪の音かろやか

天八方熊野の波をゆく鯨

ひと筋の音を絶やさず寒の滝

三寒の水に芯ある四温かな

二ン月の湖打つ雨の音だんだら

如月や白磁の月に歩を合はせ
重なりつ唸りつ撫でつ猫の恋

まづ尻を試し寄居虫をさまりぬ

啓蟄の土にふはふは石の影

竜天に登る山ぎは放光す

転回のたこ焼かるし春の虹

放埒のステンドグラス百閒忌

風ひろく光るを紡錘形の鳥

満開の圧あはあはと八重桜

囀りや湖に山容凪ぎわたり

ああおおと声嗽ぎ今朝の夏
遍満の葉桜に風うひうひし

黒海　二句

刈らるべし潮風育てたる麦ぞ

放縦に麦を蹂躙無限軌道

口角をあげよ鯉の子夏来たり

灯ともるや万太郎忌の坂に風

塩揉みの蛸剝がしては剝がしては

眉涼し水すべりくる鳥のこゑ

白無垢の笑み万緑の風集む
梅ふとる日々の葉擦れにはぐくまれ

タルトタタンレースの手首なめらかな

茅の輪てふ時計に入るや棒となり

角打ちや茅の輪卍に歩み抜け

なぎわたる三稜形の水脈を蛇

香水の風の身の丈身幅かな

岩うつてうつて舟虫集散す

蝙蝠の曲直曲のかろらかな

日々かるき刀豆風を刻む音

手の窪をころがり珠となる秋日

けらつつきをちこち谺施行かな

大鯉を刀背《みねう》打ちしたる白露かな

湯葉巻の臍つまみあぐ星月夜

賢治忌の幹打って嘴こだませり

竜淵に潜むや星の声まどらか

小鳥来る頃ぞドニエプルの蛇行

釣瓶落しの岩に顔ありソクラテス

二〇二三年

淑気かな抛物線に羽の音

七草うた飄々逸と口ずさみ

凸《ぽん》柑《かん》を剥くや放逸なる香り

富士遠く据ゑ姿煮の金目鯛

真魚板の海鼠の首尾の一徹な
デーツ嚙みオアシスの香を寒北斗

薄氷を踏めばひびかふ天の縁

猫柳靭きは日本海の風

おのづから隅ひらけゆき雛の間

水ひろく円弧をかさね風駘蕩

永き日の飛天の鼓打たず鳴る

滑翔の波うつ軌跡桜まじ

膚てんてん古木のトルソ花噴けり

酒星へ額をぬつと差し出しぬ

まづ天の一角へ盃木の芽和

薊野や青き香を冽ねゆけり

魚島へあひ打つ翼ごめ高音

熟麦の朱色たわむよ風十方

身ほとりを温《うん》わきのぼり紅薔薇

耳高く芒種の風を分けゆけり

あぢさゐの珠吸ひつくよ掌に凸凹

母音ほそく長し夏至の夜の鴉

腐草螢となり奔放なる弧線
八つひらく甘き仙人掌星の花

広島　八句

七月や空つつぬけに鉄の肋

人の影ついばむ鳩や砂炎ゆる

いしぶみを親子雀の声緩急

碑に尺蠖出合ひ頭を直立す

みどりの風みづかをる風広島忌

炎熱にゆらぎドームといふ蕾

万緑の葉擦れ川面へなだれけり

遊船の水脈石垣を打ちしぶき

あふられつゆがみつ海月川上へ
蜥蜴佇つ灼くる地高く身を反らし

縷々々々と落つる甘酒咽喉は筒

風ふるひふるはせ蜘蛛の囲のハープ

をちこちに音や扇子の香り立ち
鰭ひらら金魚の目玉正面へ

水の裏ぱつしと弾き茄子浮く
やいなや新子の握り眼の前へ

わが師父のしやがれ笑ひや茶立虫

弓張月康熙字典を命名に

蝶の粒即きつ離れつ吾亦紅

嗅いでみよ手のひらに剝く野ばらの実

秋澄むや乾草の香を噛みしだき
鯉さらと垂目あげたる白露かな

竜淵に潜むを赭きひとつ星

雲うすくばらけ奔るや吾亦紅

稲光いつしゅん母の声きざみ

地に全長延べる案山子や星満天

坂越すや日没色に虫細る

新走りどつしり坐る鼻柱

晩秋やビル拭きくだり雲ゆらす

悼　比嘉半升さん

小夏日や抱《だち》瓶《びん》かかげこの天使

稜線にきららあまねし雪迎へ

鯛の眼の明るかりけり冬立つ日

きりなく葉降らす大樟地ふんまへ
音かるく滑りゆくなり朴落葉

バスを止め首ゆする鳩小春風

天水涸れ欅きりなく葉を散らす

一陽来復ならびつ跳ねつ葉二枚

正面に水の心音滝凍つる

一湖面かかへ白鳥着水す

寒すばる光ふれあふ音降り来

竜のぼり九天四方澄みわたる

句集　光響　畢

詩的なもの

子供の頃、手触りをもって感じていた不思議なもの
しゃぼん玉のように浮き漂い
自由に近づき遠ざかり、動き回ってやまないもの
その「詩的なもの」を容れる器
載せる乗物のひとつが「言葉」
その言葉の働きのおもしろさに
惹きつけられてきた。

現実に穴をあけてくれるもの
現実の向こう側を覗かせてくれるもの
現実の中の見えない、感じられないところ
「詩」的なものとのつきあい
心動く、アレッ、オヤッ
次の動きへと移る直前
人間はそこに立つことによって存在を表す。

絵は見てもらい、音楽は聞いてもらい、
俳句は読んでもらい、相手に喜んでもらうもの
俳句は穴、俳句は窓、俳句は光
俳句は詩である、というしゃちほこばったことを言い立てるより
日常の中の小さな詩を楽しもう。

「新鮮」な俳句を読みたい
「新鮮な窓」をあけたい
言語表現の丈の高さで

俳句の隙間がひらけ、詩の窓がひらく

二〇二三年十二月の手帳より

檜山哲彦

著者略歴

檜山哲彦（ひやま てつひこ）

昭和 27 年　広島生まれ
昭和 60 年　「風」入会
昭和 63 年　「風」同人
平成 13 年　句集『壺天』刊（俳人協会新人賞受賞）
平成 14 年　「万象」創刊同人
平成 21 年　「りいの」創刊主宰
平成 24 年　句集『天響』刊
令和 5 年　12 月 30 日永眠。瑞宝中綬章受章。

「りいの」主宰　俳人協会会員
東京藝術大学音楽学部名誉教授

著訳書『ドイツ名詩選』(共編訳)、『ユダヤ的〈知〉と現代』（共著)、『ああ、あこがれのローレライ　ドイツ詩のなかの愛とエロス』、『ウィーン　多民族文化のフーガ』（共著）など

連絡先　〒 167-0043　東京都杉並区上荻 4-21-15-203
mail：rioko-bonenfant@jcom.home.ne.jp（檜山良子方）

句集　光響《こうきよう》

2024年3月25日　初版発行

著　者　　檜山哲彦

発行者　　鈴木　忍

発行所　　株式会社 朔《さく》出版
〒173-0021　東京都板橋区弥生町49-12-501
電話　03-5926-4386　　振替　00140-0-673315
https://saku-pub.com　E-mail　info@saku-pub.com

装　丁　　奥村靫正・星野絢香／TSTJ
印刷製本　中央精版印刷株式会社

©Tetsuhiko Hiyama 2024 Printed in Japan
ISBN978-4-911090-09-1　C0092　¥2600

落丁・乱丁本は小社宛にお送りください。送料小社負担にてお取り替えいたします。

本書の無断複製（コピー、スキャン、デジタル化等）並びに無断複製物の譲渡及び配信は、著作権法上での例外を除き禁じられています。